É GOL

Ignácio de Loyola Brandão

Ilustrações de Orlando Pedroso

É GOL

torcida amiga, boa tarde!

São Paulo
2014

© Ignácio de Loyola Brandão, 2014

1ª Edição, Palavra e Imagem Editora, São Paulo 1982

2ª Edição, Global Editora, São Paulo 2014

Diretor Editorial
Jefferson L. Alves

Editor Assistente
Gustavo Henrique Tuna

Gerente de Produção
Flávio Samuel

Coordenadora Editorial
Flavia Baggio

Ilustrações
Orlando Pedroso

Revisão
Daniel G. Mendes

Projeto Gráfico
Eduardo Okuno

CIP BRASIL. Catalogação na fonte
Sindicato Nacional dos Editores de Livros, RJ

B819g

   2. ed.
Brandão, Ignácio de Loyola, 1936–
É gol: torcida amiga, boa tarde! / Ignácio de Loyola Brandão ; ilustração Orlando Pedroso. – 2. ed. – São Paulo : Global, 2014.

   ISBN 978-85-260-2064-1

   1. Futebol – Literatura infantojuvenil. 2. Literatura infantojuvenil brasileira. I. Pedroso, Orlando. II. Título.

14-11614   CDD: 028.5
                               CDU: 087.5

Direitos Reservados
Global Editora e Distribuidora Ltda.
Rua Pirapitingui, 111 – Liberdade
CEP 01508-020 – São Paulo – SP
Tel.: (11) 3277-7999 – Fax: (11) 3277-8141
e-mail: global@globaleditora.com.br
www.globaleditora.com.br

Obra atualizada conforme o
Novo Acordo Ortográfico da Língua Portuguesa

Colabore com a produção científica e cultural.
Proibida a reprodução total ou parcial desta obra sem a autorização do editor.

Nº de Catálogo: **1863**

Para
Juliana Prado
a descoberta de uma nova força

E para
Clara Angélica e Glória Mônaco
será possível esquecer o carnaval Olinda 82?

TORCIDA AMIGA, BOA TARDE!

Vamos iniciar mais uma tarde esportiva.

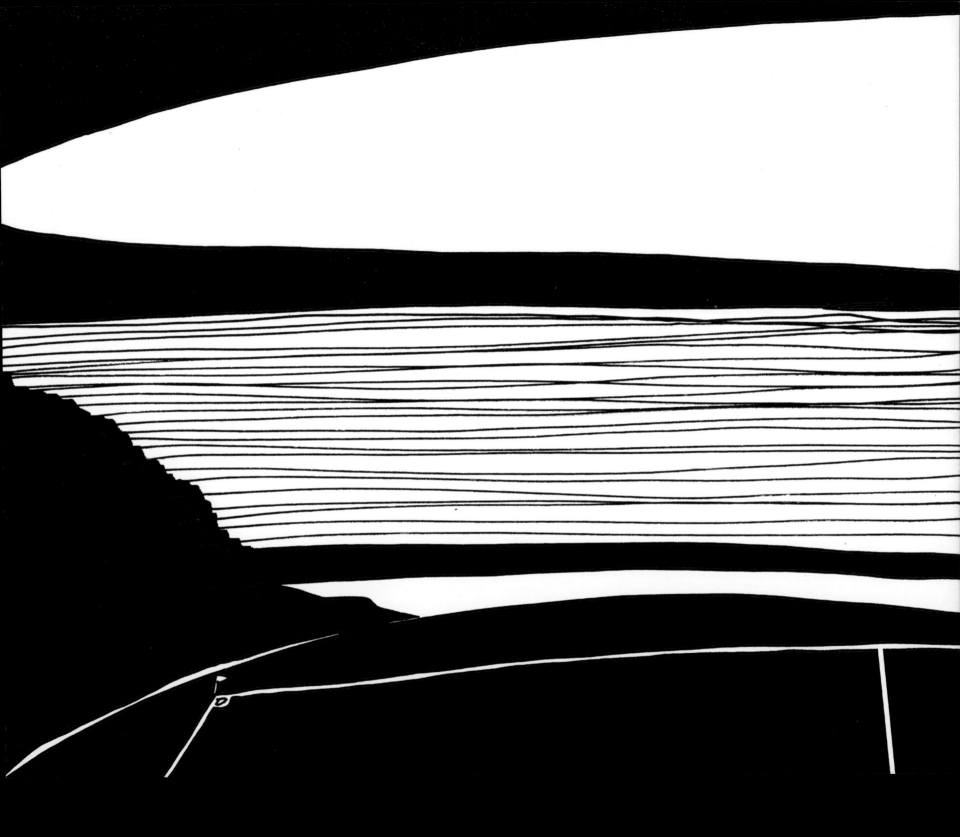

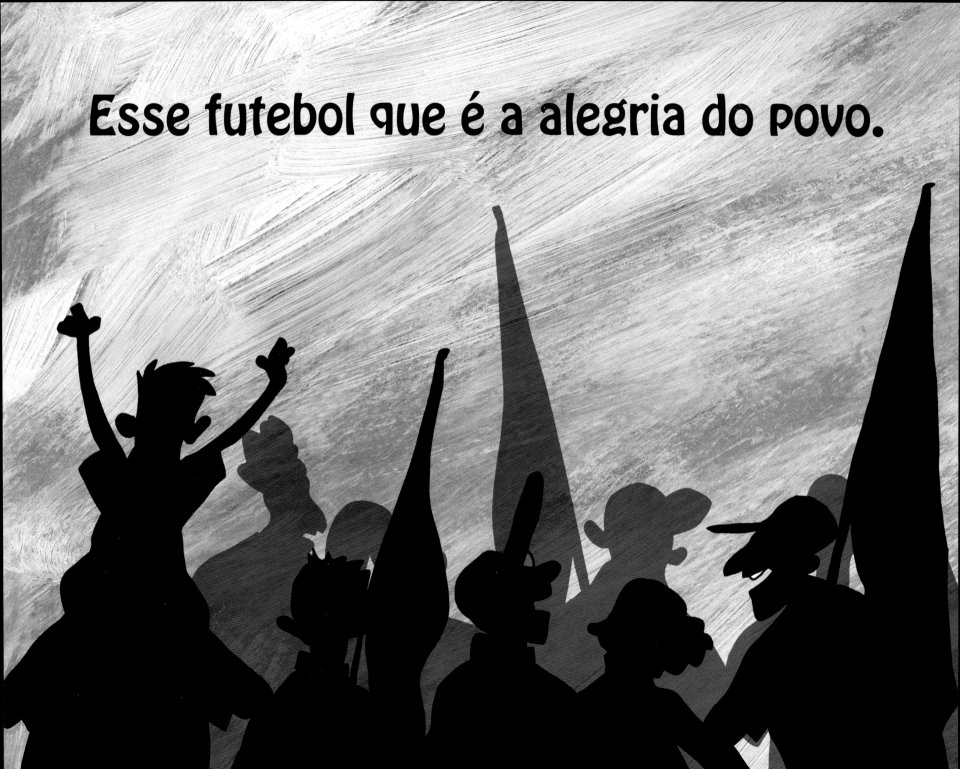

e
é gol.

gol gol gol gol

gooooooool

finalmente, é **GOL.**

OOOOOOOL

de Cacalo.

Uma beleza de gol, torcida!

Cacalo, um a zero. Cacalo.

e
é gol.
gol gol gol
gol
goooooooool
finalmente,

é GOL.
GOOOOOOOOOOOOOOOOL
de Cacalo.
Uma beleza de gol,
torcida!
Cacalo,
um a zero.

Cacalo.

Uma beleza de gol, torcida. As bandeiras se agitam. O estádio explode. Gol de Cacalo a um minuto e meio do final. O gol da esperança. Da classificação. O gol que pode significar o campeonato. O gol que estava sufocado em todos os corações. Gol de craque. Cacalo. O menino que batalhou, brigou, suou, mostrou raça e talento. Um justo prêmio para o garoto desconhecido lançado ao fogo no jogo mais importante da rodada. A bola veio cruzada. Ele esperou. Se deslocou. Tirou o beque da jogada. Olhou o goleiro saindo e tocou de cabeça. Leve. Um toque sutil e a bola morreu no fundo do gol. Fala, Flávio, você que está aí atrás da área, atento ao lance.

Muito bem, Mário. Você narrou a jogada com exatidão. A exatidão que faz a nossa equipe esportiva a melhor do rádio brasileiro. O goleiro ainda está tentando entender. O beque procura a bola. A jogada do centroavante que o técnico Moacir lançou hoje foi fenomenal. Começou na direita, com o ponta recuando e deixando a bola em corta-luz para o lateral. A defesa se atrapalhou, o lateral foi à linha de fundo. Ninguém deu combate, ele centrou. A área estava congestionada, o time inteiro recuado para garantir o zero a zero da classificação. Sem querer, procurei Santana na área. Jogada ideal para ele aproveitar. Tinha me esquecido que Santana foi substituído por Cacalo. Me fixei nele. Vi quando girou a cabeça, observando a colocação da zaga. Só dava camisa vermelha. A bola veio alta, deu ligeira caída. Cacalo subiu meio metro acima do central. O goleiro percebeu, quis sair para cortar. Então, Cacalo girou. Achei que ia cabecear com força. O central estava órfão de pai e mãe. A bola raspou pela cabeça de Cacalo e foi para o lado oposto. Se o goleiro se estica, quebrava a espinha. Jogada consciente, calculada. Craque é isso, Mário. Este menino sabe das coisas. Este gol pode salvar o time da crise que

começou com a derrota da semana passada e ameaçava deixá-lo fora das finais. O técnico Moacir jogou tudo, e ganhou com a escalação de Cacalo.

Depois dos comerciais, vamos ouvir a opinião de Carlos Farias, o homem das oito copas. O comentarista que mais entende de futebol neste país.

(Café Santo Antônio: o aroma e o sabor que você já conhece.)

Com vocês, Carlos Farias.

(Farias tem à sua frente um binóculo, dois cronômetros, fichas, uma prancheta com anotações. Alto, magro, famoso por fumar cinquenta cigarrilhas durante o jogo.)

Queridos amigos. (Recomendação da direção artística: os ouvintes são queridos amigos.) Acompanhei toda esta magnífica jogada com o meu binóculo produzido pela Figueiredo Vasconcelos. Quando o lateral, transformado em ponta, característica que o técnico Moacir adota muito, atingiu a linha de fundo, procurei a colocação do ataque. E encontrei Cacalo no bico esquerdo da grande área. Perguntei para mim mesmo o que ele fazia ali. Devia ficar mais infiltrado. Estava muito aberto numa área completamente congestionada, para usar a expressão do excelente repórter de campo, Flávio. Uma bola centrada seria facilmente rebatida. A bola veio, Cacalo correu. Não em diagonal, não em direção à marca do pênalti, uma vez que a bola vinha fechada. Correu para a meia-lua. Não entendi. Vi a bola raspando a cabeça do central Luisão e indo para a cabeça de Cacalo. Aí, percebi os reflexos deste garoto. Jogou a bola com o canto da testa para o lado oposto do goleiro que pererecava. Para mim, Cacalo percebeu que naquela área atravancada, alguém tentaria rebater a bola de qualquer jeito. E se ele estivesse à frente, poderia

apanhar uma sobra. Isso é que faz o craque, queridos amigos. É o que reflete, arrisca, calcula, pensa diferente, contraria a lógica do futebol. Uma arte que não tem lógica. Fala, Mário.

    O jogo está confuso. Os jogadores fazem cera, esperando o tempo passar. O juiz aponta o relógio. Vai haver descontos, houve muitas paralisações, o jogo foi tumultuado. Sumiram as bolas. Como isso pode acontecer num estádio municipal? Aparece a bola, finalmente. Epa, epa, olhe lá, olhe lá. Queridos amigos, é inacreditável o que estamos presenciando. Inacreditável. Quem poderia supor que estamos em São Paulo, num jogo do campeonato, rodada decisiva? Parece muito mais a várzea, ou um campeonato de fazenda...

    Cuidado, Mário. Olhe que sou do interior e não admito desrespeito. Cada uma que a gente vê, nem acredita. Além do mais, a várzea anda muito bem-comportada e organizada. As grandes estrelas é que andam dando os vexames.

    Torcida brasileira, o Flávio tem razão. Peço desculpas. Desculpas a essa gente boa e ordeira do interior do Estado. A esse povo tranquilo e progressista que aos domingos lota os estádios para ver e apoiar os pequenos times que fazem a grandeza de nosso futebol. Perdão, queridos amigos. Eu não tinha intenção de ofender. Eu me referia a épocas passadas, a tempos que já vão longe. Perdão amigos da várzea, esta várzea imensa, celeiro de craques, verdadeiro repositório de novos talentos. Minhas homenagens à gente da várzea que acolhe igualmente com carinho os ídolos em fins de carreira, os ídolos envelhecidos que ainda têm pernas para se dedicar, cada domingo, a esse ato de amor com a bola, que é um jogo de futebol. Flávio, me parece que é o comendador Bergamini que está aí tentando arrancar a bola das mãos do gandula?

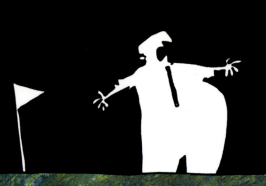

Isso mesmo, Mário. O comendador invadiu o campo. Quando o gandula ia devolver a bola, ele arrancou-a das mãos do funcionário e saiu correndo para o vestiário. O povo riu, porque o comendador é gordo e desajeitado e com suas roupas berrantes e o charutão no canto da boca faz figura ridícula. Aliás, todos os cartolas de nosso futebol são ridículos, hein Mário? A polícia cercou o comendador e ele correu para outro lado. Ficou um caça frango aqui embaixo dos mais pitorescos. Agora, a bola foi devolvida e o juiz adverte o comendador. Mas quem é que liga? O comendador é padrinho do filho de Ananias, o diretor do Departamento de Árbitros e não é o banana do Alencar que vai ter pulso para expulsar o Bergamini e colocar seu nome na súmula.

Aliás, o Carlos Farias tinha uma informação que precisaríamos apurar com muito cuidado. Teria sido Bergamini o maior interessado na escalação do Alencar para esta partida. Fala... Farias.

Bem, queridos amigos. Não podemos afirmar exatamente assim. O que nós da crônica comentávamos antes do início da partida é que nos parecia estranha a escalação do Alencar. Este juiz é o mesmo que se envolveu nos acontecimentos violentos do jogo em que o União Açucareira foi eliminado dos quadros da Federação. Aliás, injustamente. Alencar provocou o União o tempo inteiro, acabando por expulsar nove. Foi cercado pelo time e depois anotou agressão na súmula. O União é um time pequeno. Não teve nem apelação. Perdeu em todas as instâncias, teve dez jogadores eliminados drasticamente do futebol, num acontecimento sem precedentes em nossa história. Mas quem tinha dúvidas que o União ganharia aquele jogo? E se ele ganhasse, outro time, cujo nome nem precisamos repetir, time grande aqui da capital, teria caído para a segunda divisão, inapelavelmente. Não havia chances. Ora, não sou quem afirma, mas a imprensa toda estampou, com fotos, um mês depois, a casa que Alencar comprou no Jardim São Paulo. Como é, Flávio, o jogo recomeça ou não recomeça?

O juiz tenta convencer o comendador a sair de campo. Disse que vai acabar o jogo num minuto. Disse de modo muito claro, de maneira que o comendador se tranquilize que esse resultado ninguém vira. E não vira mesmo. Alencar dá vinte pênaltis, se for preciso.

Flávio, vamos aproveitar esta interrupção na partida para dar aos nossos queridos amigos alguns dados mais completos a respeito de Cacalo. O Machado, lá da central esportiva, poderia nos dizer quem é, e de onde veio este garoto?

(Força e vitamina. Iogurte com frutas Blup.)

Ok, Mário, tenho aqui todos os dados. O Cacalo é o apelido de Carlos Carvalho. O apelido vem da sua gagueira. Quando se apresentou para a peneira há quatro anos, não conseguia dizer o seu nome, de nervoso. Só entenderam Ca Ca Ca lho. Aí um gozador disse: é o Cacalo, e ficou. Ele aceitou. Tem dezoito anos e esteve em dois times apenas. Tem seis irmãos. O pai é pedreiro e não gosta de futebol. Mede um metro e setenta e seis. Terminou o ginásio, não sabe o que vai fazer. Nos juvenis marcou dezesseis gols no último campeonato, foi artilheiro, com três gols acima do segundo colocado.

Só dezesseis?

Só.

Isso revela a crise de nosso futebol, torcida amiga. Até nos juvenis não se marca mais gols. E esses meninos despontam para o futebol já sem a ânsia de gol. Ninguém quer competir. Todo mundo tem medo de perder. É preciso uma mudança total. Uma transformação nos

sistemas e nas leis. Precisamos de gols e mais gols. Se esses meninos se orgulham com uma miséria de dezesseis tentos, onde está o futuro do futebol?

    Muito bem dito, Mário. Suas observações são sempre justas e profundas. Você é o homem que conhece, sabe analisar. Por isso a nossa rádio ocupa a liderança, queridos ouvintes. Temos a melhor equipe esportiva do país. A que mais entende de futebol, o esporte das multidões, assim como Palhinha é o conhaque das multidões.

    Veja aí o que diz o técnico Moacir. Agora, o jogo recomeçou. Toque para lá, toque para cá. Esse time de vermelho perde e ainda joga de lado. Como é que pode? Tem que ir para a frente! Até parece coisa combinada!

Mário, aqui está o técnico Moacir. Fala, Moacir. Que achou do gol de Cacalo?

Foi um belo gol.

O seu esquema de segurar o jogo, esperando para ganhar nos contra-ataques quase não deu certo, hoje. Foi bastante perigoso. Como você pretende jogar no próximo domingo?

Com onze jogadores. Um no gol, alguns na defesa, meio de campo e ataque.

Boa, essa, Moacir. Muito boa. Mas como é que esses jogadores vão se comportar? Como será o jogo?

Vai ser muito fácil. Os beques defendem. O meio de campo recebe a bola e distribui. Deve também destruir as jogadas adversárias. E o ataque vai procurar fazer gol. Claro?

Pois é, Moacir. Quando você precisa da imprensa, para se manter, você procura. Mas quando está por cima, vem com essas histórias.

Que histórias? O que você quer que eu responda, se este jogo nem acabou ainda?

Você não acha que se arriscou muito e também quase queimou Cacalo, lançando o garoto numa fogueira destas? Logo no lugar do Santana, o goleador? Ídolo da torcida?

Santana? O goleador? Aquele negro de cabelo pintado? Sabe o que ele fez? Na hora da escalação, disse: Só jogo se me derem mil cruzeiros por gol. E se me garantirem cem mil pelo campeonato. Tirei ele do time e avisei a diretoria. Vai ser colocado à venda.

Mas o Santana não está sem contrato? Será que ele não queria apenas garantia? Um seguro, ou coisa assim?

Que nada. Santana é mascarado. Só quer saber dele. De sociedade. E das boates. Mas a diretoria desta vez acaba com ele. Chega. Os jogadores neste país estão querendo ter direitos demais. Acabou o amor à camisa, a garra, a raça. Todo craque anda de salto alto… são todos…

Flávio, o técnico Moacir está muito exaltado. Melhor esperar. Todo mundo sabe que a situação de Santana é delicada, desde que ele começou a namorar aquela atriz da novela das dez. Como é mesmo o nome?

Não sei, Mário. Não sou homem de assistir novelas. Pelo amor de deus. Chega dessa palhaçada que a gente tem visto no campeonato nacional. Ainda vou ver novela?

Santana não volta mais ao time. E quem vai querer um jogador como ele, irresponsável, malandro, que vive em boates, não treina?

Mas é craque, hein Mário? Craque demais. Quando joga o que sabe, não tem ninguém igual.

Mas só joga quando quer.

Bem, mas você tem acompanhado o que fazem com ele também, não? Sabe, né. Viu o técnico? É aquela do preto tem de saber seu lugar...

Flávio, vamos colocar os comerciais. Acho que o juiz está descontando, porque se passaram seis minutos do tempo regulamentar.

(Comerciais. Zip, a caneta que funciona. Com Zip, você sempre acerta em cheio. Zip, a caneta que não falha.)

Fim de jogo.

Um a zero que garantiu a classificação do time do povo. Festa nas arquibancadas. Delírio da multidão. Classificou-se quem lutou, batalhou, quem teve o maior volume de jogo. Seria uma injustiça o empate, torcida amiga! Um a zero. A torcida grita o nome de Cacalo...

É, Mário, mas passou mais da metade do segundo tempo a vaiá-lo. Lembra-se? Cada vez que ele punha o pé na bola, vaiavam. Agora, virou ídolo. Santana, esse já era pra esse povão aí.

É o futebol, torcida amiga! O futebol que é caprichoso, voluntarioso. Que faz e desfaz ídolos. Que traz glória e tristeza. Este é o futebol que nós amamos. O futebol que é arte, que é emoção, que é luta, que é paixão de um povo. Atenção, Flávio, não perca o Cacalo. O time está correndo para os vestiários.

Estou aqui no centro de campo, com o zagueiro Luisão. Como é, Luisão? Como foi o lance do gol?

Uma infelicidade do nosso time que não merecíamos perder porque se a gente tivesse ido em cima na hora o lateral não centrava e na confusão a bola sobrou praquele menino que tacou pro gol sem apelação. Gritei pro Silvio calçar o moleque que o moleque é medroso, a gente deu uns afasta nele e ele não entrava na área, a gente tava sossegado que ele não põe a perninha não. Porque o cara foi lançado hoje e a gente sempre faz isso, um chega pra lá umas duas vezes pra mostrar que não tamos brincando. Mas demos azar e agora a gente vai pra outra, vem aí o campeonato paulista e nosso time vai conseguir melhor colocação.

O cara aqui tá abatido e roxo de raiva com o gol que foi logo em cima dele. Estou procurando Cacalo. Está ali no meio de um monte de repórteres, quero ver se chego até lá... Iih, meu fio não está dando. Espera um pouco, Mário, que vou mandar chamar ele aqui. Olha, aqui está o diretor de esportes, comendador Fulvio Bergamini.

Comendador Fulvio, o que achou do jogo?

Nosso time venceu com todo mérito. O adversário foi bravo, resistiu. Mas quem tem Cacalo, tem tudo.

Cacalo é prata da casa, não?

Foi formado nos juvenis. Um grande menino. Vai dar o que falar. Essa é a nossa meta na direção do departamento de futebol. Renovação. Chega de estrelas, queremos sangue novo, não jogadores corrompidos.

E o Santana? Vai ser punido?

Punido? Por quê?

Ele se revoltou no vestiário.

Que o quê! Não houve nada. Santana estava contundido. Na hora da escalação, não teve condições.

Mas o técnico Moacir admitiu a revolta de Santana.

Não, nada disso. Está tudo em paz. Em ordem. O Moacir devia estar nervoso, precisava do Santana. Vou conversar com ele. Você gravou tudo?

Não, não gravei.

Bem, o Moacir não deve ter declarado nada. Você entendeu mal. Pergunte amanhã, com mais calma, para ver.

Muito obrigado, comendador Fulvio Bergamini. (Fora do ar): Parece, Mário, que vai ter bochicho no vestiário daqui a pouco.

Por que você não perguntou sobre os desfalques no clube, Flávio? O comendador é da oposição, deve ter muito a dizer.

Para mim, são fofocas. Esse negócio é só fumaça. Não está nada provado, melhor não mexer.

(Fora do ar): Não quer mexer porque você torce para o clube, hein Flavinho? O que há, rapaz?

Conta logo. Você cobre o clube há dez anos, conhece tudo, pode rachar.

(Ainda fora do ar): O que você pretende, Mário? O que está insinuando? Sabe que quase quebrei a cara do Amaury porque disse que eu recebia dinheiro do clube? Afirmou que eu estava na lista de pagamento. E não provou.

(Um minuto para os comerciais. Caderneta de poupança Nova Vida. A caderneta que é sua amiga.)

Flávio, vê se encontra Santana por aí.

Estou a caminho do vestiário.

E o Cacalo?

Espero ele lá. Meu fio não dá mesmo. Está ali recebendo o rádio, as bonecas, a máquina fotográfica. E ainda tem um grupo de representantes da torcida... Aliás, o chefe do grupo está aqui, rouco e suado. Quer falar...

CACALO, CACALO
Na área é um cavalo
Bola no peito,
bola na rede
bola no pé
bola no véu da noiva
O grande bolêro
terror dos golêro.

(Fora do ar): Nisso é que dá abrir microfone pro povão. Só sai bobagem. Acho torcida um saco.

Que isso, Flávio? Precisamos deles. Somos uma rádio do povo.

E ele enche o nosso saco. Chamo você daqui a pouco do vestiário.

Dentro de alguns instantes, torcida amiga, vamos ouvir Carlos Farias, o homem das oito copas. O comentarista que consegue comentar. Fim de jogo. Bandeiras se abrem, bandeiras se fecham.

Uns saem cabisbaixos, amargando a derrota. Outros saem contentes, com o sabor da vitória. Isso é que faz a magia do futebol. Amanhã, quem ganhou pode perder. E quem perdeu pode ganhar. A tarde escurece aos poucos. O povo ainda não saiu. Comemora nas gerais, nas arquibancadas, numeradas. O povo canta e dança, porque o time do povo venceu. E um novo herói, um menino de raça, valente, corajoso, um menino que enfrentou a torcida e os beques, se ergue no altar sagrado do futebol: Cacalo. Nome estranho que amanhã estará repetido em todas as bocas. Cacalo, moço humilde que soube aproveitar sua chance...

Alô, Mário. Falo dos vestiários.

E o Santana?

Sumiu. Aliás, está uma zorra aqui em baixo. Não dá para falar com ninguém. Diretores batendo nas costas de todo mundo. O técnico Moacir continua prestigiado com a classificação.

Cacalo desceu?

Está entrando. Descobri que ele tem contrato só de gaveta. Amanhã vão acertar tudo. Sabe quanto ele ganha? Dois mínimos. Só isso. Pode? E sabe quanto o time levou na renda de hoje?

Novecentos mil, feitos os descontos. Aqui está Cacalo, já sem camisa...

(Uns dois segundos fora do ar.)

Flávio, arrancaram o fio da tomada. Assim não dá para trabalhar. Com licença, amigo, com licença. Gente molhada, gente suada, três jogadores machucados seriamente, não vai dar para eles jogarem. O Miguel levou o terceiro cartão amarelo, não joga a primeira. Parece que foi de propósito, assim, ele joga as outras duas e pode entrar na final. Vai dar final com o time, claro. Viu a renda? Ei, Cacalo, vem aqui um pouquinho... Tudo bem, Cacalo? Como foi? Já deu a camisa?

Não, tirei porque prometi a camisa pro Santo Antônio do Categeró. Amanhã vô levá lá na igreja dele, na Freguesia.

Devoto de Santo Antônio, Cacalo?

Muito.

É dele essa medalhinha?

Não, é de Ogum.

Como é que se sente?

Tudo bem. Foi um jogo bão. O adversário foi difícil. Mas deu sorte e tamos aí. Vamos pras final.

Teve medo de substituir o Santana?

O seu Moacir nem me deu tempo. Me jogô a camisa lá na concentração, fiquei tremendo.

O que houve com o Santana?

Não sei.

Dizem que queria dinheiro para jogar. Verdade?

Pergunta prele, ora!

E o gol, Cacalo? Lindo gol. Conta para nossos amigos como foi.

Olha, nem sei dizê. Eu tinha levado um soco no rosto, estava tontão. Vi quando a bola subiu e desceu. Nem sabia onde tava. Corri pro meio. Aprendi com o Gatão, técnico dos juvenil. Ele fala que a gente é cachorrão. E a bola é um pedaço de carne. Você vai nela esfomeado. Quem vai com mais vontade, come mais. Então, quando vi que a bola ia caí pro meio, corri pra lá. Me deslocaram com um empurrão, eu ia cair. Vi que a bola bateu num de vermelho e veio pro meu lado. Fechei o olho, não dava pra fazê nada, estava sem equilíbrio. Ia me batê na minha cara. Esperei a pancada. Mas a bicha veio mansa, raspô em mim. Nem sei como. Só sei que o becão gritou, grosso, cabeça de bagre, na próxima te quebro inteiro. E ouvi o povão gritando e quando abri o olho e olhei, vi as faixa, as bandeira, os meu companheiro pulando em cima de mim. Procurei a bola e vi ela no fundo do gol.

Ignácio de Loyola Brandão nasceu em Araraquara (SP), em 1936, é escritor. Atualmente não se arrisca mais a entrar em campo, mas, toda vez em que recebe uma convocação para escrever, sempre se destaca na artilharia. Hoje, Loyola assiste com interesse e prazer jogos pela TV e nutre especial carinho pelo seu time do coração, a Ferroviária, time de sua cidade natal que teve a oportunidade de acompanhar de perto em sua fase áurea, nos anos 1960, experiência que foi central para a composição deste *É gol*. Entre suas obras mais conhecidas, estão: *Cadeiras proibidas*, *Dentes ao sol*, *Não verás país nenhum*, *O beijo não vem da boca*, *O menino que não teve medo do medo*, *O segredo da nuvem*, *O verde violentou o muro*, *Veia bailarina* e *Zero*, todos publicados pela Global Editora.

Orlando Pedroso nasceu em São Paulo (SP), em 1959, é ilustrador, palmeirense e adora futebol, apesar de ser um perna de pau.
Aos 10 anos ganhou seu primeiro radinho a pilha para escutar os jogos no domingo e tentar entender como os radialistas conseguem falar tão rápido, colocar tantas palavras em cada frase e fazer um assunto durar por horas e horas. Ao compor suas histórias numa prancheta, Orlando faz cada gol que é uma verdadeira pintura. Pela Global Editora, é autor de *Vida simples* e *UEBA! Voltando da escola*.